Pas de magie à l'école !

Pour Kaia, R.I.
Pour Daisy et Owen, K.M.

En tant qu'enseignante, **Rose Impey** racontait beaucoup d'histoires aux enfants. C'est ce qui l'a conduite à écrire les siennes. Souvent, elle est amenée à les lire dans les écoles ou les bibliothèques et le public est captivé. Rose a imaginé une adorable Zazie qui provoque de gros ennuis avec ses sortilèges. Car Rose adore écrire des histoires magiques.

Katharine McEwen a brillamment terminé ses études d'illustratrice en 1996. Depuis, elle participe régulièrement à des ateliers et à des conférences autour de l'illustration pour la jeunesse. Elle aime beaucoup rencontrer des enfants car elle y trouve une grande source d'inspiration. Katharine vit en Angleterre, où elle partage son temps entre le Kent et Londres.

Responsable de la collection : Anne-Sophie Dreyfus
Direction artistique, création graphique
et réalisation : DOUBLE, Paris
Titre original de cet ouvrage : *Titchy Witch and the Frog Fiasco*

Traduction : Juliette Stephens
ISBN : 978-2-218-92934-2
ISSN : 2100-2843
www.hatierpoche.com

Loi n° 49956 du 16 juillet 1949 sur les publications destinées à la jeunesse.

IMPRIM'VERT 2010

Achevé d'imprimer par Clerc à Saint-Amand-Montrond - FRANCE
Dépôt légal n°92934 2 / 01 - Octobre 2010.

Zazie

Pas de magie à l'école !

écrit par Rose Impey
illustré par Katharine McEwen

HATIER
POCHE

Zazie
Victor
Charlotte
La petite sœur, Globule
Fripon
La maman, Ursule
Le papa, Théodule

CHAPITRE 1
La punition

Zazie ne s'entend pas avec sa maîtresse. Il faut dire que madame Pustule est une véritable ogresse.

À chaque fois, c'est la même chose. Madame Pustule ne remarque pas Pâquerette qui passe son temps à s'admirer dans un miroir.

Elle ne voit pas Picpouille l'Embrouille taquiner les autres élèves avec son long doigt pointu.

Et quand Zazie doit se défendre, c'est elle qui se fait prendre.

Un jour, Zazie en a assez. Elle jette un sort à Picpouille. Un gentil sort de rien du tout.

Des boutons. Heureusement, ils disparaissent rapidement…

Mais Zazie est punie et elle est obligée de copier cent fois :
Je ne dois pas faire de magie à l'école.

Zazie est furieuse.
« Je ne veux plus aller à l'école,
dit-elle à Fripon.

– Les petites sorcières doivent aller à l'école pour apprendre à lire correctement les formules magiques, lui répond Fripon.

– Mais je sais lire ! s'exclame Zazie.

– Mmmouais, grommelle Fripon, c'est ce qu'on va voir. »

– Qu’est-ce que tu lis là ? », demande-t-il.
Zazie tente sa chance.
« Po… potion d’es… d’es… d’escargot ? »

Fripon lève les yeux
d'un air effondré.
« Je connais quelqu'un
qui a encore des leçons
à prendre. »

Potions
POTIONS
Potion
Potions

CHAPITRE 2

Leçon de lecture

« Je sais très bien lire, affirme Zazie à Dino. Si je voulais, je pourrais lire des formules magiques. »
Elle prend sur l'étagère le *Grand Livre des sorts* de sa maman. Juste pour jeter un œil.

Chouette ! Zazie a toujours rêvé de transformer un prince charmant en grenouille.

Mais tout le monde n’a pas un prince charmant sous la main…
« Ne t’inquiète pas, Victor, dit-elle, les sorts, c’est fastoche. »

Mais ce sort-là ne l'est pas. Zazie comprend tout. Enfin presque.

« Transforme-toi en... grenouille. Euh, non, je veux dire en prince ! » On entend alors un grand craaaac et un grand flashhhh !

Zazie est très contente d'elle. Victor un peu moins.

«Ne t'inquiète pas, Victor, dit-elle, je vais te faire revenir parmi nous.» Mais alors...

… la grassouillette grenouillette se transforme en deux grenouillettes grassouillettes.
Puis quatre, puis huit… En un rien de temps, la cuisine grouille de grenouilles.

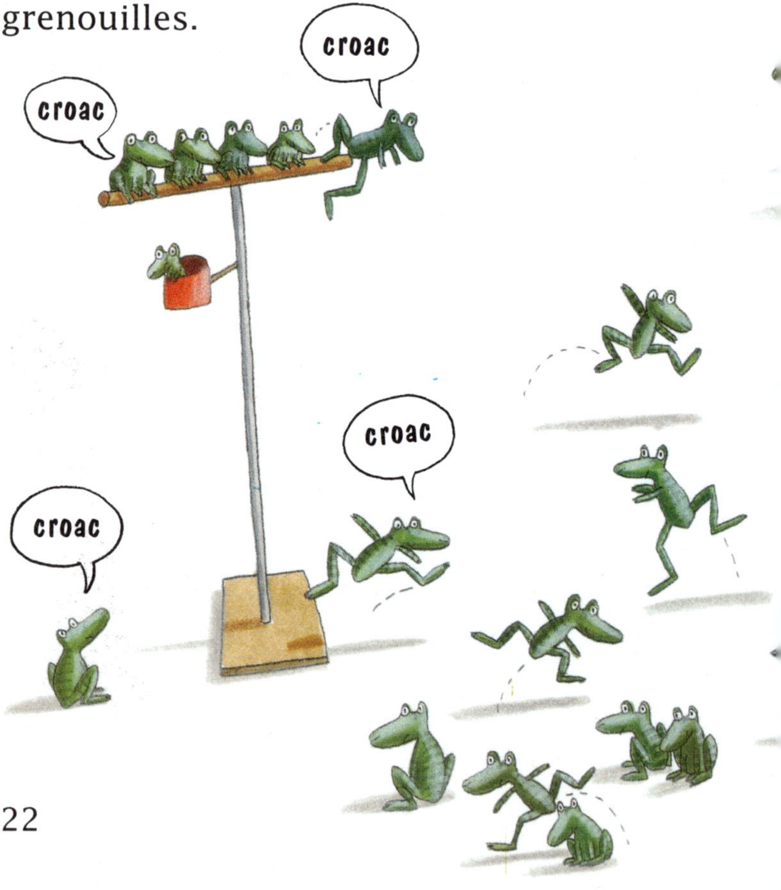

croac
croac
croac
croac
croac
croac
croac

Zazie essaye de les chasser à coups de balai. Mais plus elle balaie, plus les grenouilles se multiplient.

Zazie
ne sait
plus quoi
faire.

Les grenouilles font un tel raffut qu'elles réveillent Fripon.

CHAPITRE 3
À l'aide, Fripon!

Le chat n'aime pas qu'on le réveille.
« Je connais quelqu'un qui ferait mieux d'apprendre à lire avant de faire de la magie », grommelle-t-il.

Frétillant des moustaches et remuant la queue, Fripon lance une formule bien à lui :

« Tournicoti, tournicoton,
Par mes moustaches en tire-bouchon,
Annule le sort de cette pipelette,
Saperlipopette ! »

Victor réapparaît aussitôt. Et toutes les grenouilles disparaissent. Enfin, presque toutes.

Le soir, papa et maman trouvent Zazie plongée dans *Le manuel des apprenties sorcières.*
« Tu as eu de bonnes notes aujourd'hui ? », demandent-ils.

Zazie leur répond d'un air malicieux :
« Je crois que ce sera mieux demain... »

quiz

1. Quel est le nom de la maîtresse ?

a. *Madame Ogresse.*

b. *Madame Pustule.*

c. *Madame Vilaine.*

2. Au lieu de Poudre d'escampette, que lit Zazie sur le bocal ?

a. *Potion d'escargot.*

b. *Poussière magique.*

c. *Jus de rat.*

3. En quoi Zazie transforme-t-elle Victor ?

a. *En prince.*

b. *En chat.*

c. *En grenouille.*

Solutions : 1. b. 2. a. 3. c.